AF275356

Tu nombre mío

CONTEMPORÁNEOS| Berenice

ANTONIO MANUEL

Tu nombre mío

Berenice

© Antonio Manuel Rodríguez Ramos, 2024
© Editorial Almuzara, s. l., 2024

Primera edición en Berenice: octubre de 2024

Berenice • Contemporáneos
Director editorial de Berenice: Javier Ortega
www.editorialberenice.com

Editorial Almuzara
Parque Logístico de Córdoba. Ctra. Palma del Río, km 4
C/8, Nave L2, nº 3. 14005, Córdoba

Impresión: Gráficas La Paz
ISBN: 978-84-10356-07-8
Depósito Legal: CO-1522-2024

Impreso en España/*Printed in Spain*

*A mi hermano Juani,
y a mis hermanas Mariángeles y Rosa Mari.*

Cuidémonos.

Quien consigue un pacto
entre su memoria y su olvido, puede vivir.
Quien no, muere de un modo o de otro,
mejor o peor, separándolos en su vida diaria.

Juan Ramón Jiménez. *Estética y ética estética.*
(Aforismos y notas)

Olvidamos lo que deberíamos recordar
y recordamos lo que deberíamos olvidar.

Manu Larcenet. *La carretera.*
(Adaptación de la novela de Cormac McCarthy)

No cabe duda de que a veces tiene el campo
una amplia gama de fugaces sensaciones.
No olvidemos que también sale el sol
entre los árboles que esconden un secreto.

Danza Invisible
A veces el campo (Maratón)

Me llamaste igual que la abuela hizo contigo. Pero no me cuidaste de la misma manera. No que yo recuerde.

Ignoro si lloraste emocionada al parirme. Si tiritabas al arrullarme entre tus brazos; al atusarme los rizos con agua de colonia; al escuchar los primeros latidos de mi corazón, ése que tanto te ha echado en falta. Quizá sonreíste, feliz. No lo sé. No lo recuerdo.

Entiendo que me darías el pecho, aunque desconozco si de buena gana. Tal vez me sanaras los ojos con una infusión tibia de manzanilla. O me cubrieras la frente con un paño helado para aliviarme las calenturas. O me taparas hasta las orejas con una manta a cuadros para no coger frío. Igual me cantabas nanas, inventabas cuentos de unicornios y permanecías echada a mi vera hasta quedarme dormida. No lo sé. No lo recuerdo.

Si la vida es injusta por definición, al menos conmigo, mucho más cruel se comporta borrando de la memoria cualquier rastro de aquellas caricias incondicionales que recibimos antes de aprender a caminar, en el caso de que las hubiera. El único recuerdo que conservo de ti fue que quisiste matarme. Tú que ahora no recuerdas mi nombre.

Que también es el tuyo.

Hace tres semanas que recibí una carta certificada del juzgado para recogerte del hospital psiquiátrico penitenciario. La condena terminó, la enfermedad ha devastado tu memoria, ya no pueden retenerte por más tiempo, y alguien debe ponerte el desayuno, el almuerzo, la cena, sacarte de paseo, acostarte y limpiarte el culo hasta que mueras. Me tocó a mí. Al parecer, soy la única persona en el mundo que conserva lazos contigo: la sangre, el nombre, y este insomnio que me tortura desde que abrí el sobre que ha desenterrado mis dos infancias, la que no recuerdo y la que llevo toda la vida procurando olvidar.

Puse la radio del coche. En todas las cadenas de Sevilla se escucha que se suspenderán los pasos por la lluvia. Ninguna habla de ti. Ninguna habla de la liberación de una asesina que ha perdido la cabeza como antes había perdido el alma. En verdad, nadie habla de ti. Tampoco yo lo hubiera hecho de no ser porque debo pronunciar tu nombre en la puerta del hospital para que los enfermeros te saquen de allí como una bolsa de basura.

Espero intranquila, mordiéndome las uñas, fumando. No me angustia la certeza de que no me reconozcas. En absoluto. Aún más, prefiero que así sea. Lo que me está matando es la duda de si yo sabré reconocerte a ti.

¿Alguna vez te has levantado de madrugada, hastiada de dar vueltas en la cama, con los ojos abiertos de par en par, el cuerpo enredado entre las sábanas y la urgencia de respirar para no morir de asfixia, como si te hubieran encerrado en una secadora, con los pies descalzos has abierto la ventana y no has encontrado otra salida para aplacar la ansiedad que encender un cigarrillo, sin prestar atención a la ropa tendida del vecindario, a la plaga de antenas que infesta los tejados y azoteas, ensimismada en la caligrafía impredecible del humo, has arrojado la colilla al patio de luz donde antes cayeron las cenizas y algún que otro amago suicida, te has puesto las zapatillas, has atravesado el pasillo y te has sentado en el sofá a esperar que el sueño te sorprenda por la espalda, así una hora, fumando, y otra, y otra, con los presentadores de la teletienda como únicos testigos, has puesto una cafetera, has encendido el último cigarro de la cajetilla, has vuelto a perder la mirada y la noción del tiempo, el café sube, se derrama, la cocina apesta, has apagado el fuego y tirado el café hervido y los posos por el sumidero, has limpiado la encimera con un trapo mojado, quemándote, y lo has estrujado bajo el grifo?

Pues como ese café, esos posos y ese trapo retorcido y sucio, me sentía cuando te vi aparecer por la puerta del psiquiátrico.

Parecías una oruga atornillada a la silla de ruedas. Un ser ridículo, indefenso y vulnerable, incapaz de hacer daño al ser más ridículo, indefenso y vulnerable del universo. Pero yo sé que sólo es un espejismo. A mí no me engañas. Bajo tu disfraz de anciana inofensiva y enferma se escondía aquel monstruo que intentó matarme. Desde entonces pongo el mismo celo en prevenir la mordedura de un perro que la picadura de un insecto.

A tus pies, dos maletas. Qué triste debe ser que toda una vida, toda tu herencia, quepa en dos míseras maletas. O justo lo contrario. A lo mejor constituye la prueba irrefutable de haberlo invertido todo en vivir. Me temo que no es nuestro caso. Las subí al maletero junto a las mías. También dos.

Los enfermeros te tomaron en brazos para encaramarte al asiento delantero. Pero no te dejaste. A saber por qué se despertó el demonio que escondías en el vientre del olvido, y te pusiste a bracear y a dar patadas a la puerta del coche con la rabia de una adolescente castigada sin el móvil. No hubo más remedio que sedarte con una jeringuilla.

La abuela me reñía cuando mataba orugas a pisotones en su casa del campo:

—¿Te gustaría que un ogro hiciera lo mismo contigo? ¿A que no? Son seres vivos como tú y tienen el mismo derecho a la vida.

Allí te crio. Allí me crie, con ella. Las dos solas. Y allí nos vamos. Tú y yo. También solas.

Conducir a tu lado, mientras dormías, fue como llevar atado un racimo de bombas atómicas a la cintura. No te quité ojo durante el viaje. Al principio, por temor a que despertaras de súbito hecha un basilisco y te pusieras a dar coces al volante. Luego, a medida que asumía el riesgo de accidente con la misma indiferencia que seguir vivas, por el mero hecho de mirarte. Era la primera vez que veía tu cara adulta.

Padre nunca me llevó de visita a las cárceles y manicomios donde te recluyeron. Padre descolgó el retrato de vuestra boda de la pared del comedor en señal de duelo, dejando una orla amarillenta que prohibió pintar para que tu ausencia y tu culpa siempre estuvieran presentes en la mesa. Padre ordenó a la criada rifeña de nuestra casa en Tetuán que escondiera el resto de tus fotografías en alguna lata de galletas, que yo no busqué y que nadie supo encontrar. Padre pidió a la abuela que hiciera lo mismo con las que tuviera en su casa, pero ella se negó a quitar de la cómoda la estampa de tu primera comunión, vestida de monja, de rodillas, con las manitas entrelazadas sujetando un rosario, la viva imagen de la inocencia si no fuera por lo que tú y yo sabemos. Padre me subió a un barco con siete años y me obligó a vivir con la abuela, a dormir en el cuarto donde estaba aquella foto, en tu misma cama. Padre apenas vino a verme. Siempre lo llamé padre. A secas. No merecía más. Y tampoco estaba mintiendo.

Te desperté al echar el freno de mano. Me temía lo peor. Pero por la paz de tu mirada, deduje que habías reconocido la casa de la abuela y desactivado las bombas.

La casa había envejecido algo mejor que tú. Cierto que la cubierta había perdido más tejas que piezas tu dentadura. Que la fachada había perdido más lustre por los desconchones que tu cara por las arrugas. Que la puerta había perdido más barniz que tersura tus labios. Pero la casa no había perdido la memoria.

La memoria de una casa es como la cola de un cometa que desparrama su polvo luminoso por todas partes, dentro y fuera, esperando sin prisa nuestro regreso para mancharnos los dedos de recuerdos al pasar la mano por encima. A veces, sus partículas brillan tanto que saltan a la vista. Tanto que mis ojos las tomaron por un enjambre de luciérnagas revoloteando alrededor de mi hogar, al que por fin había vuelto. Mi hogar, porque no tuve otro.

Quizá te ocurrió lo mismo y eso explique tu enigmática calma. Pero mentiría si te dijera que te traje aquí para ayudarte a recordar. Hubiera venido de igual manera sin ti. Tomé la decisión mucho antes de recibir la carta del juzgado, el mismo día que abandoné mi trabajo en la pescadería, a mi amante, el alquiler del piso, y el último tratamiento contra la desgana de sentir, con la idea de restaurar la casa, restaurar mi vida y, ahora que debo cargar contigo, restaurar el paisaje común de nuestras infancias separadas.

La abuela jamás echó el candado de la cancela, siempre tuvo abierta la puerta de fuera y encajada la del zaguán. No hay metáfora que mejor la defina. Cauta pero sin miedo, prefería equivocarse confiando en el prójimo que acertar recelando de cualquiera por un gesto, por una mirada, por aquello que dijo o que no dijo, convertida en un fantasma huraño. Ella nos enseñó que se vive más feliz con el corazón abierto y la boca cerrada que a la inversa. El problema es que fui muy mala aprendiz. Y tú, la peor.

La pandemia y unos funerarios disfrazados de extraterrestres se la llevaron a enterrar envuelta en papel de aluminio, sin que nadie pudiera despedirla. Tenía noventa y ocho años, y no murió de vieja. Conociéndola, tampoco creo que la matara el bicho: se dejó morir de soledad. Desde entonces, todo está cerrado con llave.

Bajé del coche para descerrajar el candado con una piedra. De entre un rebaño de ovejas y alguna cabra que pastaba en torno a la alberca, se me abalanzó un perro más negro y grande que su sombra. No te muevas, me dijiste. Era la primera vez que escuchaba tu voz, la primera vez que yo recuerde, madura, serena, firme. Todavía me pregunto qué te empujó a salir del coche, ponerte en pie sin ayuda, y amansar a esa bestia babeante que parecía ida de sí, con los arrumacos que nunca me diste.

El pastor asomó por la puerta de la casa con los pantalones caídos por las corvas. Su silbido atrajo al perro, que se echó dócil a sus pies, como si fuera un animal distinto al que quiso morderme, mientras el amo se subía los calzones, se arremetía la camisa, y se ataba la correa un palmo por encima del ombligo. Luego le ordenó que no se moviera del portal con un leve movimiento de cabeza que el perro entendió y acató silente. A medida que se acercaba a nosotras, las hechuras y la cara del pastor rejuvenecieron hasta tomar las formas definitivas de un chiquillo avergonzado que se sabía descubierto.

Nos pidió perdón con la palabra, con las manos, con los ojos, suplicando no ser delatado. Juraría que era marroquí por el color cobrizo de su piel, el acento, los ademanes y, por encima de todo, esa curiosa manera de silbar que me trasladó a los ecos de mis excursiones infantiles por las montañas de Tetuán. Le pregunté por su nombre y él se arrojó al suelo, asustado, rogando no desvelar su identidad por temor a ser detenido. Le propuse que nos dijera al menos el nombre del perro. No lo sé, contestó, es la verdad, lo llamo a silbidos, pero prometo que no les morderá, palabra. Y se besó el pulgar de la mano derecha como si terminara de persignarse.

Fue entonces cuando te pudo esa pena que desconocía que llevaras dentro. Le besaste en la mejilla, lo cogiste del brazo y, sin pedirme permiso, le diste las gracias en árabe por llevarnos las maletas y acompañarnos a casa, dando por sentado que la abuela vestiría su cama con sábanas limpias y le calentaría una taza de leche con migas de pan.

La pena es un trampantojo. Y el perdón. Y todo aquello que banaliza el daño que hemos sufrido para confundirnos, hacernos creer que jamás existió y mandarlo a la bandeja de reciclaje. Por eso no me das pena, ni te perdono. Porque me niego a reciclar el daño que me has hecho. Y en la hipótesis remota de haber albergado un átomo de compasión o de duda al respecto, se disipó cuando sentada en la mecedora de la abuela me pregustaste quién era yo. Reconozco que me recorrió por las tripas el deseo de confesarte que tenías delante a la hija que quisiste matar. Pero de qué hubiera servido. Tú lo habrías olvidado al instante. Sin pena y sin mi perdón. Encendí un cigarrillo, me puse a deshacer las maletas, y en paz.

Acordé con el pastor que dormiría en el sofá hasta que encontrase cinco minutos para pensar en calma qué hacer con él. El perro al raso, por supuesto. El sol se escondió sin avisar. Como no había luz eléctrica, tuvimos que pasar la noche con los utensilios del pastor, un carburo para alumbrarnos y un infiernillo con el que nos calentamos unas latas. Llovió, por fin. Hacía viento y algo de frío. Estaba agotada. Me senté en la silla de la cocina. El viejo reloj de carrillón hace años que dejó de funcionar. Me quedé dormida. No sé cuánto, la verdad. Alguien me echó una manta sobre la espalda. El pastor salió a resguardar el rebaño. Tú seguías despierta en la mecedora. Por más que me duela admitirlo, así, con las manos cruzadas sobre el pecho, le dabas un aire a la abuela.

Me pasé la noche escuchando la lluvia, fumando y mirando el móvil hasta quedarme sin batería. Aunque no tenía motivos para desconfiar del pastor más allá de los prejuicios, tampoco los tenía para fiarme. Él pudo pensar lo mismo de nosotras y, sin embargo, se acostó en calzoncillos, roncando. Lo sentí madrugar y azuzar al perro para irse con el rebaño a carear el pasto húmedo. Antes de partir, dejó una cántara de leche en el zaguán, sin hacer ruido.

Tú dormiste en la cama de la abuela. Yo, en la mía que antes había sido tuya. Por respeto a su voluntad, no me atreví a tumbar boca abajo nuestras fotos de primera comunión sobre la cómoda. Te dejé el desayuno preparado en la mesita de noche, cerré con llave y bajé al pueblo por comida, herramientas y el auxilio de un electricista. Para mi sorpresa, la tierra sedienta no dio oportunidad al barro.

Sólo encontré un desavío abierto. La tendera me advirtió que me olvidara del electricista en viernes santo, y que tuviera cuidado con un moro al que habían visto merodear por la casa. El marido se ofreció a subir conmigo en su moto para arreglar la avería. A la vuelta, ya levantaba polvo el camino.

Esta sequía se traga la vida con más ansia que un cáncer terminal. Lo sé porque estoy seca por dentro.

Mi última pareja también era electricista. Después de seis años de citas clandestinas en mi piso del Cerro del Águila, me dejó con la excusa de olerme el aliento a cenicero y la piel a pescado. Al muy cabrón le faltó añadir que las cosas en la cama ya no iban como antes, la verdadera excusa. Cobarde de mí, no le dije que me hallaron un tumor en el útero por miedo a quedarme aún más sola de lo que estaba, a que ocurriera lo inevitable. Yo sabía que entre la rutina de la esposa y la de la amante, el miserable siempre elige la más barata. Y él sabía que mi silencio estaba en oferta, que jamás revelaría su secreto porque, a diferencia suya, yo le amaba.

La enfermedad y el desuso me secaron la vagina como una mojama al sol. Lo que no pude sospechar fue que esta aridez trepara por los intestinos, por el corazón, por la lengua, colmando a su paso cada órgano de arena, hasta dejarme embalsamada. El hueco entre las vísceras lo rellenaba a diario con el humo del tabaco. Y por si fuera poco, apareciste tú para desertificar los últimos resquicios que me quedaban a salvo.

Una madrugada estuve tentada de llamarle. Tenía su número en la pantalla del móvil y mis pies colgando de la ventana. Como no sabía a cuál de los dos vacíos mirar, cerré los ojos y, en esa milésima de segundo, al imaginarme de pronto en casa de la abuela, jugando, feliz, decidí dejarlo todo y regresar al decorado de mi niñez con la misma determinación que volvió la luz gracias al marido de la tendera.

Eran las once y pico de la mañana, y el reloj de carrillón marcaba las dos y cuarto. Te sorprendí de puntillas en la silla de la cocina, moviendo sus manecillas con la paleta del brasero, en camisón, maquillada y con tacones como si fueras a misa de domingo, sin haber probado el desayuno. El reloj no funciona, te recordé en vano. Fue la primera vez de las mil doscientas millones de veces que te lo dije.

Al girar la cabeza para mirarme, te caíste de espaldas con el ímpetu de un alud de carne y el estruendo de haber roto la vajilla del aparador. No supe reaccionar al verte destartalada sobre las baldosas. Confieso que no sentí lástima, ni culpa, ni venganza. No sentí nada. A lo sumo, me afectó tu accidente lo que un plato hecho añicos sólo por la molestia de tener que recogerlos.

Pese a estar encogida y flaca, no tuve arrestos para levantarte un centímetro del suelo. Además, hacías muecas de dolor cuando te pasaba el brazo por debajo del costado. Igual te habías roto algo por dentro, como el reloj de carrillón. Para colmo, perdiste el conocimiento. Me asusté, lo reconozco. Te zarandeé. Te llamé por tu nombre. No respondías. Y te llamé madre.

Salí a pedir socorro a voces. El primero en acudir fue el perro del pastor, achuchándote con el hocico y gimiendo el doble de lo que yo hubiera hecho si me dolieras. A poco entró su amo para alzarte como una novia y acomodarte en la mecedora. Llorabas, supuse que por el daño de la caída. Para consolarte, el joven entonó una melodía marroquí que te iluminó los ojos como norias de feria.

Yo te sequé las lágrimas con los bajos del camisón, manchándolo de maquillaje. Me mirabas diferente, hasta el punto de ponerme algo nerviosa. Luego me tomaste las mejillas con ambas manos para ponerme más nerviosa todavía. Incluso llegué a dudar de tus intenciones cuando entreabriste los labios, entre el beso, el bocado y la palabra:

—No sé quién eres, pero llámame madre como has hecho antes. Y hazme el favor de poner el reloj en hora.

Tampoco la casa estaba en hora. Los anisados del mueble bar, la mesa camilla, el brasero de picón, el tapete de crochet, la cenefa de las enagüillas, el transistor, las jarapas del sofá, las sillas de enea, la mecedora, la pila de lavar, el jabón verde, la perilla de la luz del dormitorio, los colchones de lana, el aguamanil y la palangana de porcelana blanca con los bordes azules, la escupidera bajo la cama, la vajilla marrón de Duralex, los visillos de la alacena, los crucifijos en el cabecero, la virgen del zaguán, el llamador con la mano de Fátima, todo seguía inmóvil desde las dos y cuarto de a saber cuándo. Todo menos la estantería, antes decorada con un San Pancracio y láminas de santos que la abuela recortaba de los almanaques, ahora atestada de libros de segunda mano.

Con una sonrisa ancha que casi no le cabía en la cara, el pastor aceptó el tabaco y la lumbre que le ofrecí como muestra de agradecimiento. Luego nos sentamos a charlar en el rebate de la puerta mientras dormías la siesta. Le conté que padecías una demencia senil de la que ya no eres consciente. Que las dos vivimos en Tetuán, aunque tú lo hayas olvidado y yo apenas lo recuerde. Y que debía haber una razón, más allá de esta casualidad, que justifique su permanencia en la casa. Le aclaré que yo no creo en el destino y mucho menos en Dios, no importa su nombre. Que de existir, no le perdonaría los sapos que me ha hecho tragar en la vida. Así que el motivo para seguir en nuestra compañía no podía reducirse a la gratitud o al deseo ingenuo de evocarnos tiempos y lugares compartidos, por mucho que me emocione pensarlo. Que de quedarse con nosotras sería a cambio de algo tangible, cierto. Este fue el trato:

—Ya ves que no puedo dejarla sola un minuto. Así que sólo consentiré tu presencia si me ayudas a cuidar de ella y a poner la casa en hora.

El pastor dio una calada honda al cigarro que debió llegarle a los tobillos y, mientras soltaba el humo, asintió con la cabeza, volvió a sonreír, y me preguntó por mis poetas preferidos.

Yo no supe qué contestar. Desde que dejé la escuela, no había leído un libro. A lo sumo, las instrucciones de los electrodomésticos o los prospectos de las medicinas. Para salir del apuro, reaccioné con la altanería de esos ignorantes que temen a su propia ignorancia, ofendiendo antes que sentirme ofendida:

—¿Pero tú sabes leer?

El joven se tomó mi mala educación con una mezcla de sorna y flema, que depositó en los hoyuelos que se le abren en la cara cuando silba. Depende de qué, contestó con la cabeza del perro agazapada entre sus rodillas, acariciándola con una ternura inédita, al menos para mí.

Me dijo que su padre le enseñó a leer la tierra. A comparar el horizonte con renglones trazados en el aire por Dios, el hombre y el tiempo. Estos de la campiña que se ven a lo lejos son eróticos, sensuales, como un desnudo en escorzo. Cada flor, cada árbol, cada pájaro, cada insecto, es un verso. Aprendí castellano viendo los partidos de fútbol en los bares de Tetuán. Crucé la frontera en los bajos de un camión. He dormido en las aceras, en las cunetas, en los estercoleros. He trabajado en lo que vosotros despreciáis, mendigando en las calles, rebuscando cartones y chatarra, de sol a sol en el campo, o cubriendo el turno de noche a un basurero que lo aprovechaba a saber en qué. Aprendí a leer con los libros que la gente tiraba a los contenedores. Mis poetas preferidos son Cernuda, Federico, y Miguel Hernández, pastor como yo.

Apuró el cigarro, arrojó la colilla al suelo y la pisó con su alpargata, apagando de paso los últimos rescoldos de mi autoestima.

Cuando despertaste de la siesta, los orines te habían empapado el cuerpo, el camisón, las sábanas. Eché lo sucio en la pila de lavar y, con la ayuda del pastor, sacamos a orear el colchón, puse agua a calentar, y te metimos en la bañera. Quiero que sepas que el pobre hizo lo que en su mano estuvo para no verte desnuda, pero le fue imposible evitarlo y le entraron arcadas del pudor más que por la peste, la pena o el asco que daba tu atribulado aspecto.

Extremé el cuidado al pasar el jabón y la manopla por los moratones que te afloraron en la espalda. Supongo que con un mimo parecido al que pondría una madre que ama a su hija. O una hija que ama a su madre. Pero yo no lo sé. No podía saberlo. Yo no me sentía madre, la madre que no he sido. Ni hija, la hija que me negaste ser. Me sentía rara, bañando a una mujer rara que no conozco y que tampoco me conoce.

Entre las dos nos apañamos para salir de la bañera y secarte. Te puse unas bragas limpias, un bambo de andar por casa y una rebeca por si refrescaba que encontré en la única maleta que pude abrir. La otra tenía una cerradura con contraseña y no me apetecía perder el tiempo en intentarlo.

Cogidas del brazo, llegamos al comedor y te sentaste en la mecedora. Allí te esperaba el pastor para leerte unos poemas. En ese instante, quise ser tú.

Al morir la tarde, el pastor se excusó para rezar a la sombra del emparrado. Primero, de rodillas. Después, encogido sobre la esterilla como una lombriz, musitando plegarias en árabe que sólo él y su Dios entendían.

De niña odiaba ser católica. Cuando tocaba religión en mi colegio de Tetuán, la maestra permitía a mis compañeras moritas y hebreas salir al patio. Me mataba la envidia verlas saltar la comba desde la ventana, mientras aquella monja revenida nos hacía repetir vara en mano aburridísimas salmodias que ni siquiera recuerdo. Luego supe que también a ellas las forzaban a orar en sus mezquitas y sinagogas, incluso más veces al día que a mí. Fue tal el empacho de mandamientos y prohibiciones entre unas y otras, que abominé de cualquier liturgia que no fuera quitarme el uniforme al llegar a casa y salir a jugar a la calle con ellas.

Padre era un contable destinado en la Oficina de Asuntos Indígenas, falangista, y me hubiera quemado en la hoguera de enterarse que rezaba a un Dios equivocado o a ninguno. Ya viviendo en el campo, la abuela me bajaba al pueblo los martes a catequesis, los jueves a encender velas a la Virgen, y los domingos a confesarme antes de misa. Ella decidió que hiciera la primera comunión con tu vestido de monja. No me atreví a decirle que no quería parecerme a ti, que era como llevar encima la camisa de una culebra. Todavía me pica el sarpullido.

Quién me iba a decir que a estas alturas de mi vida volvería a ser practicante no creyente de otra religión impuesta. La de cuidarte.

Amanece. Anochece. En medio, dos cajetillas de tabaco, la sequía, este dolor pertinaz que me rae la cabeza como un topo, y tú, de la cama a la mecedora, de la mecedora a la mesa, de la mesa a la mecedora, de la mecedora a la bañera, de la bañera a la cama, sin un ruido, sin mediar palabra.

Este silencio pesa porque es antiguo. Yo era la nazarena para mis amigas moritas y hebreas de Tetuán. Luego pasé a ser la mora para mis amigas cristianas de Sevilla. Pero yo no era una cosa ni la otra. Me sentía extraña, desubicada, allí y aquí. En clase terminaron por llamarme la huérfana porque ignoraban que tenía una madre asesina, encerrada en un manicomio, a la que nunca pude contarle estas cuitas. Tampoco lo hice con la abuela. Y mucho menos con padre. Aprendí a callármelas, a no compartirlas con nadie, a tragármelas con el humo del tabaco.

Alguna que otra vez he pagado a una psicóloga para desahogarme y evitar que se me pudrieran dentro. Las contadas ocasiones en que me atreví a buscar consuelo en mi amante, me costó semanas sin respuesta a mis whatsapps. Sé que nuestra relación era tóxica, pero prefería un polvo terapéutico con un ingrato a comer hamburguesas a solas para distraer mis frustraciones.

Todo por no tener una madre como Dios manda cuando más la necesité. Y ahora que la tengo, eres tú la que me necesita. Como ves, haré lo que no hiciste conmigo. Pero sin explicaciones, por favor. Calladitas estamos más guapas.

Sólo dos ruidos rompían la quietud de nuestra rutina diaria: la moto del marido de la tendera cuando nos subía los mandados a media mañana, y los ladridos del perro al cercar el rebaño con el crepúsculo.

El pastor era mucho más discreto. Solía bañarse afuera con el agua de la alberca, y, antes de entrar en casa, quemaba las agallas de la cornicabra en el poyo de la ventana para ahuyentar los malos olores. Raro era el día en que no cazaba una liebre con su cayado. Él mismo la desollaba, le aseaba las entrañas, y la guisaba con un sofrito que olía a gloria. A menudo traía hierbas de nombres extravagantes que colgaba de las vigas de la cocina en manojos para secar. Con las hojas del matagallo lo mismo quitaba la tizne de las ollas que se limpiaba el trasero en el campo. Con el palo sanguino hervía una infusión para irnos a dormir, cuyo efecto relajante aumentaba al dejarla reposar lo que dura la *fatiha* del Corán o un padrenuestro. Y con la flor del pericón, macerada en aceite cuarenta días y cuarenta noches a la luz de la luna, preparaba un ungüento con el que te curó las magulladuras de la caída.

Bien entrada la noche, más que romper el silencio, el pastor lo acariciaba recitándonos poemas a la luz de su carburo, siempre rematados con una sonrisa. Luego nos relataba con pelos y señales su jornada. Me parecía mágica esa capacidad suya para convertir la monótona labor de cuidar ovejas en una aventura apasionante. Hasta sabía distinguir con los ojos cerrados si estaba en la sierra o en la campiña, con sólo escuchar el canto de la totovía o de la avutarda. Tan analfabeta me sentía a su lado que, después de ayudarme a bañarte y acostarte, fumando juntos en el soportal, le pedí que me enseñara a leer la tierra.

Aprovechando que dormías y que yo no lo había logrado en toda la noche, me tomé la licencia de dar un paseo con el pastor al rayar el día.

Antes de emprender la faena, el joven arrojó la alfombrilla al suelo para rezar. Me llamó la atención que no se orientara con exactitud a los primeros destellos solares. Entonces me explicó que Meca siempre está en el mismo sitio, al sureste desde aquí, no como el sol que hace semanas que emprendió su camino al solsticio de verano elevándose hacia el norte.

Luego me enseñó a ordeñar una cabra, acometiéndola por detrás, hablándole, acariciándola y masajeando las ubres de menos a más fuerte, hasta alcanzar el equilibrio entre dulzura y rudeza con el que ganarme su confianza. Me dijo que convenía mezclar alguna cabra en el rebaño de ovejas, además de por bebernos su leche, para amamantar a los borregos que quedaron sin madre o que fueron renegados por ella. El pastor no tomó conciencia de su metedura de pata hasta que me temblaron las manos y derramé la cubeta. Ambos callamos. El rubor de su cara me bastó de disculpa.

Mientras caminábamos por una colada, el pastor le hacía nudos a la retama para espantar el mal de ojo y no perderme a la vuelta. Me tapó los oídos durante unos segundos con la intención de descontaminarme de ese ruido blanco que nos impide atender a la música de la naturaleza. Y, como si fuera un milagro, aprendí a escuchar al diminuto buitrón, al tronchastiles, al cuco, al triguero o al pincho.

El pastor se emocionó al decirme que el canto de los abejarucos y las oropéndolas le trasportaban a sus collados rifeños, que le hacía sentirse en casa porque el suelo era el mismo, porque el decorado era el mismo, porque los olores eran los mismos, porque el techo era el mismo, un cielo sin fronteras, alambradas ni concertinas.

Tanto disfrutaba del paseo, que me olvidé de fumar y me olvidé de ti. El tiempo se había detenido como las agujas del reloj de carrillón, sin darme cuenta. El mono de encender un cigarro, las hizo correr de nuevo. Volví a paso ligero, siguiendo los nudos de la retama, algo perdida, sola. Al llegar a casa, la puerta estaba abierta, te habías ido y el reloj seguía marcando las dos y cuarto.

Cómo explicar que sentía tu pérdida sin sentir apenas nada por ti. Que te busqué en tu cuarto, en el mío, debajo de las camas, en los armarios, en la alacena de la cocina, en la bañera, en el hueco de la chimenea, en el establo, en el fondo de la alberca, en el pozo, histérica, lo confieso, pero con menos desazón que cuando me quedo sin tabaco.

Nada que ver con el nudo que se me hizo en el estómago la primera vez que te perdí. Ocurrió en Tetuán, en la víspera del día de reyes magos de 1961. Lo recuerdo bien porque a la mañana siguiente desperté en el hospital militar con los brazos escayolados y cardenales por todo el cuerpo, pero sin regalos ni caramelos a los pies de la cama. También recuerdo que te llamé y que padre me selló los labios de una bofetada:

—No vuelvas a nombrar a tu madre nunca más. Te lo prohíbo. Ha querido matarte.

49

Recomponer en mi memoria las escenas de aquella tragedia me provoca peor sabor de boca que el reflujo de un vómito. Tanto las evité que se convirtieron con el tiempo en un relato fósil del que ya no sabía distinguir el porcentaje de lo vivido y de lo soñado. A duras penas te recuerdo al volante de un descapotable rojo, con unas gafas de sol y un pañuelo de lunares en la cabeza, yo sentada detrás, tomando las curvas que suben a Ketama para ver la nieve. Me dijiste que me tapara la nariz porque el tufo de una planta diabólica que crece en sus lomas mata a las niñas que lo respiran. No te hice caso y creí volar sobre el abdomen de un insecto metálico sin alas, mientras escuchaba el zumbido interminable de un claxon. Tu reloj marcaba las dos y cuarto. A partir de ahí, sólo vacío. Y la úlcera de tu ausencia.

Subía la moto del marido de la tendera. Como de costumbre, llevaba la escopeta terciada a la espalda. Yo le di las últimas caladas a un cigarrillo mientras él aparcaba y descargaba los recados. Le pedí que me ayudara a encontrarte. Esto va a ser cosa del moro, contestó.

Nunca había escuchado un disparo tan cerca. Me quedé sin aliento del susto. Nada que ver con el cañonazo que anunciaba a los tetuaníes la ruptura del ayuno diario por Ramadán. Lo esperaba impaciente cada atardecer, con la mejilla pegada al cristal de la ventana para sentir su temblor, porque a esa hora las vecinas musulmanas compartían con el resto del bloque, sin juzgar a qué Dios rezáramos, dátiles, leche y una *harira* riquísima con cuscurros de pan frito, aun a riesgo de quedarse sin ella para sus familias.

Antes de la independencia de Marruecos, sólo vivían cargos militares y civiles con sus familias en el bloque. Algún que otro hebreo, si acaso. A medida que los españoles se fueron marchando a la península y los judíos a Israel, sus pisos se ocuparon por administrativos, profesores, policías, bomberos, médicos y otros nativos de clase acomodada. No todas sus mujeres eran amas de casa. Las había maestras o enfermeras, que recuerde.

Pero todas sin excepción vestían bikini cuando nos llevaban a la playa de Río Martil para bañarnos en verano. Miento. Todas menos tú, que ya te habías ido a saber dónde, igual que ahora.

El marido de la tendera tomó el camino que rodea la alberca y se cagó en todo el santoral al comprobar que rebosaba. Luego se asomó al pozo, tiró una piedra y soltó otra andanada de improperios al calcular profundo el eco del agua que la engullía. Subimos por una vereda cercada con alambres que comunica con la carretera antigua. Llegando al cruce, me quedé tranquila al adivinarte en la colina junto al pastor y su rebaño de regreso a casa. El marido de la tendera no lo entendió así. Suéltala moro de mierda, gritó con la escopeta acomodada al hombro. El perro se lanzó a por él hasta que un disparo le hizo rodar cuesta abajo como un andrajo que se lleva el aire.

Era la segunda vez que te veía llorar, pero ni de lejos se parecía a la primera. Aquellas lágrimas de entonces te cayeron de dolor propio a causa del accidente en la cocina, mientras que éstas de ahora las derramabas de dolor ajeno. Hasta los troncos de las encinas se conmovían viéndote acariciar al animal sin consuelo. El marido de la tendera ni se inmutó. A mí, sin embargo, más que emocionarme o sorprenderme que te doliera el dolor del perro, me molestó por pura envidia.

Al pastor le costó reaccionar tras la parálisis natural que genera el miedo. Encañonado con una escopeta y dada su precaria situación, cualquiera hubiera huido abandonando al perro y al rebaño. Quizá se le pasó esa idea por la cabeza, pero no por el corazón. A pesar de que el marido de la tendera no dejó de apuntarle, el pastor se atrevió a cruzar por delante del arma, sin mediar palabra, sin encararse, tratándolo con la misma indiferencia que a un arbusto seco, arreó a las ovejas de una palmada, y se echó el animal herido a los hombros con la voluntad de curarlo en casa.

Nosotras lo acompañamos dejando tirado al marido de la tendera. Hacía años, muchos años, que no me sentía tan orgullosa de mí misma. Encendí un cigarrillo, se lo puse al pastor en los labios y te cogí de la mano, no me preguntes por qué. Después de darle una calada que parecía eterna, el pastor me sonrió con esa perfidia juvenil que estremece a las piedras:

—La encontré hurgando entre las zarzas. Me dijo que buscaba a su hija.

Yo sólo he sido hija de padre. Y si me apuras, ni eso. Qué importa lo que diga el Libro de Familia o una prueba de ADN. Para mí, ser hija es sentirte hija. Y yo nunca me había sentido así. Por vuestra culpa.

Cierro los ojos y no consigo reconstruir el rostro de padre más allá de ese ridículo bigote que le subrayaba la nariz y le hacía parecer aún más machista de lo que era. Durante mi infancia en Tetuán, jamás jugó conmigo, jamás comió conmigo, jamás me ayudó con los deberes, jamás me bañó, jamás me vistió, jamás me acompañó al colegio, a misa, jamás me arropó o me besó en la frente. Padre era un espectro que aparecía de vez en cuando por el piso para acusar a la criada del caos que dejaste. Poco le importaba que los muebles no tuvieran una mota de polvo o que se esmerase en planchar las rayas del pantalón sin una arruga. Como buen narcisista, padre teatralizó su papel de víctima hasta el punto de creerse con derecho a no perdonar el daño que no le hacíamos, sin duda, la manera más miserable y cruel de vivir amargado.

Desde que me trajo a vivir al campo, padre se limitó a enviarme una postal de cortesía por navidad, y a llamarme por teléfono cada trimestre para comprobar que seguía viva.

Me acuerdo que una noche sostuve una mariposa por las alas con la intención de quemárselas con la llama de una vela. Y pensé en él. Me pregunté por qué no intentó cambiar su carácter agrio y severo al quedarme sola. Por qué no lo hizo por mí. Y lo llamé a escondidas de la abuela. Primero calló, unos diez segundos o así, sorprendido por mi temeridad. Después se despachó a insultos conmigo. Y antes de colgar, me confesó que no soportaba mi presencia porque le recordaba a ti. No me enfadé, lo juro. Me produjo tanta lástima su incapacidad para amar que, en lugar de perdonarle, casi meto fuego a la mariposa.

Me enteré de su muerte el mismo día del funeral. Que el ataúd estuviera cerrado me libró de verle el bigote por última vez. Los de la funeraria me preguntaron qué hacer con el cadáver, si enterrarlo o incinerarlo. Y yo les contesté que no era su hija.

Padre no quiso animales en casa. La abuela tampoco. Decía que ya tenía bastante con las alimañas del campo y que, además, le sobraban dientes para morder a quien se atreviera a entrar por su puerta sin tener que alimentar a un perro. Yo heredé esa alergia, a la que sumé un pánico insuperable tras sufrir la mordedura de uno en Mellah, el barrio judío de Tetuán.

Salvo en el piso donde vivía, me recuerdo de niña rodeada de gatos, a todas horas y por todas partes, eso sí, guardando las distancias. Jamás rocé a ninguno. Apenas se veían perros por las calles debido a su naturaleza demoníaca para judíos y musulmanes. Nunca supe si ese estigma era causa o consecuencia de lo que ensucian con sus excrementos, de lo que molestan cuando ladran y, sobre todo, de sus aterradores mordiscos con los que te pueden arrancar el cuello o matarte de la rabia. En Tetuán sólo tenían perro los pastores para cuidar de sus rebaños, algunos españoles para fastidiar a los nativos, y los vagabundos para darse compañía. Mellah se fue llenando de ellos a medida que se despoblaba de judíos. Allí me atacó un perro cuando jugaba con una amiga hebrea a los cromos. Me rompió los calcetines blancos al clavarme sus colmillos. No sé cuál de las dos cosas me dolió más. Su madre me llevó al hospital militar para que me pusieran la antirrábica y la antitetánica. De allí me recogió la criada antes de que se enterase padre. El bocado me dejó unas cicatrices minúsculas en el tobillo, pero enormes e imborrables en la región del cerebro que gobierna mis temores.

Aquella tarde no tuve más remedio que tragármelos y meter al animal en casa, por primera vez en mi vida. El pastor puso a calentar una palangana de agua para sanear la herida, le extrajo las postas de la nalga con una pinza, aplicó unas hojas de candilera como cicatrizante, y se la vendó con una sutileza que ya la quisiera para mí. En todo momento tú estuviste acariciando el lomo del perro, desde la cabeza a la cola, con la mano engarfiada para atravesar su oscura pelambrera. Tomaste la mía y lo acariciamos al alimón. La piel del animal herido estaba tibia, temblando, tanto como yo.

La convalecencia del perro duró hasta los primeros calores de mayo. Durante aquella semana y media, el rebaño pastoreó por los aledaños de la casa, procurando no meterse en fincas ajenas. Cierto que la hierba escaseaba, pero teníamos agua de sobra en la alberca. El pastor me dejaba embobada al guiar sus ovejas declamando a Federico o a Cernuda, en una versión mejorada por poética del flautista de Hamelín. Yo, mientras cuidabas en silencio del perro, cuidaba en silencio de ti.

La serena monotonía de la que disfruté esos días fue lo más cercano a la felicidad que había sentido en los últimos años. A una edad, lo máximo a lo que podía aspirar. Palabra que no hablo de resignación ni de conformismo. Más bien de perder el miedo a vivir en calma, sin tomar otra decisión que la de entregarme a respirar el aire de la mañana o a trazar con los dedos líneas imaginarias entre las estrellas, sin cuestionar cómo había llegado a este punto, sin culparme, sin culpar a nadie, ni siquiera a ti. No quiero decir que me olvidara de lo que me hiciste, sólo que lo dejé estancado como el agua de una alberca.

Reconozco que el pastor me había ganado la confianza. Por eso bajé al pueblo a comprar y te dejé a su cuidado. Aparqué en el primer hueco que vi. Saqué dinero del cajero. Me senté en un banco de la plaza a fumarme un cigarro, sin prisa. Pasada una media hora, me acerqué al desavío para devolver a la tendera la generosidad con la que me atendió aquel viernes santo. Le di las buenas tardes pero ella no abrió la boca. Entró a por su marido para que fuera él quien me sacara de la tienda como a una apestada. Me llamó ingrata. Me culpó de las grietas abiertas en los sembrados colindantes a la casa. Y me echó en cara haber dado cobijo a un moro y a su rebaño que se están bebiendo el agua que el pueblo necesita para no morir de sed. Encontré un supermercado dos calles más arriba donde sí me despacharon, a regañadientes.

El agua estancada cría verdina en las paredes de la alberca. Esta sequía, odio en las paredes del corazón.

No sé si hay más verdad en un presentimiento o en una amenaza. En ambos casos, la verdad es embrionaria, se está gestando, ya vendrá o será mentira cuando aborte. Sólo se diferencian en que, mientras se resuelve el enigma, el presentimiento te lacera por dentro y la amenaza te azota en la espalda.

De vuelta en el coche, sentí ambos males a la vez, ardores en el esófago y el escozor del latigazo. Me bajé a vomitar en las orquídeas silvestres de la cuneta, esas que llaman flores del diablo. Y no me hizo falta presentir ni verme amenazada para dar a luz estas dos verdades prematuras: que el ser humano es el único animal capaz de retorcer e inundar de mierda el bellísimo orden de la naturaleza; y que la felicidad se me había ido por enésima ocasión por los desagües del destino.

Echada en el capó, fumando un cigarro para ensuciar aún más mi mal aliento, descargué todas las lágrimas que guardaba en el almacén de los ojos, con la vana esperanza de poner fin a esta maldita sequía.

Llegué a casa bien entrada la noche. El pastor me esperaba liando picadura de tabaco en los escalones del soportal, con el perro derramado sobre sus rodillas. Le pedí disculpas por las horas y él, negando con la cabeza, me alivió las contusiones del alma con el bálsamo de su mirada, tan inocente, tan ignorante, que preferí dejar las cosas como estaban y no contarle lo sucedido.

Tras darle la primera chupada al pitillo, me dijo que me despreocupara por ti, que ya te había bañado, puesto el camisón, la cena y te había metido en la cama. Yo le di las gracias y de buena gana también le habría dado un beso. Sacó entonces del bolsillo de su camisa dos fotografías, ajadas y raídas por los bordes, de unas familias retratadas justo donde estábamos hablando.

—Las encontró tu madre dentro del reloj.

En la primera, reconocí a la abuela al instante, sin maquillar, con el pelo recogido, seria, vestida de luto a pesar de su apabullante juventud, sentada en una silla de enea a los pies de un anciano obeso, con sombrero de ala ancha, traje y chaleco pero sin corbata. Junto a la pareja, dos adolescentes cogidos de la mano, delgadísimos. La chica eras tú.

Un chozo ocupa el lugar de la casa en la segunda fotografía. Bajo el emparrado, en la misma silla, la abuela todavía más joven y guapa, con un pañuelo en la cabeza, delantal sobre un vestido claro, y un niño en cada uno de sus muslos. A su lado, un hombre de buen ver, apostaría que de su misma edad, con una camisa clara arremangada, un pantalón sujeto a su reducida cintura por una guita, y alpargatas. Los dos sonríen.

No me sentó mal desconocer la existencia de esas fotos, pero sí y mucho que no tuviera la más remota idea acerca de la identidad de aquellos hombres. Le pregunté al pastor si sabía quiénes eran y él asintió apurando la pava del cigarro.

—Tu madre me lo ha contado todo.

Sólo hay una cosa que me dé más coraje que quitar los restos de comida del fregadero: saberme idiota y engañada. Me lo podía esperar de padre, de mi amante, de cualquiera menos de la abuela y, en ningún caso, que fueses tú, una enferma de Alzheimer que intentó matarme cuando niña, la culpable de que me diera cuenta de lo idiota y engañada que había sido.

Aun así, me pudo la curiosidad al berrinche, y le supliqué al pastor que me relatara con pelos y señales eso que tú le contaste. Dejó de acariciar al perro para sostener las fotografías con una mano y señalar con la otra. Las enfocó hacia la luz de la bombilla, las abrió como un abanico, y me explicó que el hombre de las albarcas fue tu padre, mi verdadero abuelo, y que el chiquillo que sostiene la abuela en sus rodillas era tu hermano, mi tío, el mismo que aparece en la otra foto junto a ti y ese viejo con el que la abuela se casó al quedarse viuda.

Supongo que los amnésicos deben experimentar un parecido estado de shock cuando redescubren en el desván de su cerebro el insoportable peso de lo vivido. Lo mío fue más grave. Yo estaba descubriendo por primera vez el insoportable peso de lo no vivido, de lo que nadie me contó, de la más ruin de las mentiras, de la verdad ocultada. Quise creer que la abuela lo hizo para protegerme, aunque sólo fuera para que tanta revelación de golpe no me encharcase de amoníaco los pulmones. Necesitaba respirar. Lo normal es que me hubiera encendido un cigarrillo, pero, llámame loca, preferí desahogarme en la cocina fregando los platos.

Pasé la noche en vela, sin darle vueltas a la cabeza, fumando, alternando orfidal con valium, ojeando fotos en el móvil, hasta llegué a masturbarme, cualquier cosa antes que preguntarme por qué se lo habías contado a él y no a mí que, a fin de cuentas, soy tu hija aunque no lo recuerdes. Bueno, para serte sincera, no pegué ojo por dos razones. La primera, porque me quitaba el sueño no saber más de las vidas que se esconden tras aquellas fotos y, puestos a elegir, casi mejor tener al pastor de confidente que quedarme sin uñas esperando tus explicaciones. Y la segunda, porque metieron fuego a los rastrojos de alrededor y las llamas parecían colarse por las ventanas.

El pastor iba y venía del incendio a la alberca con una cubeta de agua, el torso desnudo y la cara tiznada. Cuando perdí la cuenta de los viajes que hizo, abstraída en sus músculos, bajé a la cocina, agarré la olla grande y salí para echarle una mano. Expuesta al fuego, me sentía útil e inútil a la vez, ayudando a lo que sabes imposible, la metáfora perfecta de mi vida.

Caímos abatidos antes del amanecer como si nos hubieran fusilado por la espalda. Encendimos un cigarro. Nos miramos. Una lágrima se mantenía suspendida en el precipicio de sus pestañas. Alguien había quemado a propósito los pastos de la campiña donde el rebaño debía trashumar en verano. Impotente, me mojé los labios al besar sus ojos en llamas, ensimismados en su mala fortuna.

Hasta el día en que tenga que matarlas, mis ovejas serán mi vida, mi familia, sentenció el pastor al ponerse en pie camino de la alberca para asearse. Se arrodilló en el borde plagado de avispas por la verdina y el calor que ya amenazaba desde temprano. Las espantó con las manos antes de lavárselas, enjuagarse la boca y la nariz, proseguir con el antebrazo derecho, el izquierdo, humedecerse el cabello, limpiarse las orejas, y poner fin a la ceremonia frotándose los pies hasta los tobillos. Luego extrajo su esterilla del morral y la orientó sobre la hierba seca.

Me produjo tanta ternura verlo así de triste y de solo, que lo imité: primero al lavarme, y después en cada una de sus posturas durante el rezo. Él no me lo impidió, ni reprochó mi herejía. A decir verdad, no me miró siquiera. Se limitó a concluir su oración, guardar la alfombrilla en el talego, echárselo al hombro, y silbar al perro que acudió cojeando para subir el rebaño al monte. Es nuestro deber y la voluntad de Dios, apostilló. Yo le contesté que a su Dios no le gustaría que se fuera con el pecho al aire y los pantalones sucios, así que le ordené que se los quitara y los echase a lavar como hubiera hecho una buena madre. Quizá también fue voluntad de su Dios que aparecieras en ese momento por el umbral de la puerta, vestida de fiesta, con los labios más rojos que las amapolas y los ojos más morados que la lavanda, el pelo suelto por detrás y sujeto por delante con una horquilla. A cámara lenta, te sentaste junto al pastor en calzoncillos. El perro se arrimó a tus enaguas para que lo mimaras. Y yo, viendo aquella estampa, soñé que posábamos para un fotógrafo ambulante y que, pasado el tiempo, alguien nos miraba creyendo que las cosas son lo que parecen.

Si tuviera que doblar la página de mi vida por una línea que no fuera mi asesinato frustrado, sin duda, sería el día que padre me trajo a esta casa.

Llevaba un par de semanas disfrutando con mis amigas las vacaciones del verano de 1965. Sus madres nos invitaban en la playa a merendar horchata y bocadillos de mortadela, mientras ellas fumaban, bebían vermú y bailaban en bañador los discos que compraban en Ceuta de Bruno Lomas, Adamo, Los Sírex, Los Brincos y otros grupos de moda. Aquella noche, con la falda mojada todavía, me esperaba padre con una maleta y una Mariquita Pérez que me había preparado la criada para distraerme durante el viaje. Sólo pude despedirme de ella. Me apretujó llorando entre sus senos hinchados como zeppelines, me comió a besos, nos secamos las lágrimas con los picos de su velo, y al oído me aconsejó que tomara una copa de aguardiente para cuando me vengan las hemorragias y los dolores de mujer.

71

Fue la primera y última vez que monté en barco. Padre me llevó en el descapotable rojo desde Algeciras a la casa de la abuela. A pesar del bochorno que hacía, ella nos recibió con una frialdad que me congeló el ánimo, sin un beso, sin un abrazo, enlutada de los pies a la cabeza, pañuelo incluido. Ya he quitado todas las fotos de mi hija como me pediste, se limitó a decirle en señal de bienvenida.

Al poco apareció un señor con traje blanco que entregó a padre un fajo de billetes por el coche. Sin contarlos, se los dio a la abuela para que me comprase el vestido de la comunión y dedicar el resto a los gastos de mi sustento. Esas fueron sus órdenes. Y sin despedirse de nosotras, se marchó con el comprador.

Cuando el descapotable torció la curva hacia el pueblo, la abuela me cogió de las manos, me besuqueó en los mofletes y me dijo que alegrase esa cara porque, con suerte, ya no vería más al cabrón de padre. También fue la primera y última vez que escuché un insulto en casa. Hasta hoy. Al rodear el establo, cargada con la ropa recién lavada para tender, leí en voz baja lo que algún desalmado pintó en la pared trasera de la casa: «Vete moro maricón».

La abuela me repetía todas las mañanas antes de ir al colegio que para las niñas y las casas siempre es domingo. Que si te ven guapa, te ves guapa, y no al revés. Cuando bajábamos al pueblo y se cruzaba con un desconchón, una reja mohosa o una puerta sin barnizar, refunfuñaba: mi casa no es una de esas. Y no mentía. La casa de la abuela parecía una perla blanca en mitad de la dehesa. Si la viese ahora, me arrancaría los pelos.

Aún quedaba medio saco con piedras de cal viva en el trastero. Apañé el barreño, la regadera y la paleta que utilizaba la abuela para apagarla. Yo llevaba puesto el sujetador, unos calzones cortos y unas chanclas. Te senté cerca, a la vista y a la sombra. Espérame, te dije, voy a llenar la regadera. No me hiciste caso. Di una vuelta a la casa y no te encontré. Te busqué dentro, sin suerte. Me tenías al borde del infarto cuanto te vi salir del trastero cargada con unas botas, unos pantalones, una falda, un delantal, una camisa, un pañuelo, un sombrero de paja y unos guantes.

—Anda y ponte esto si no quieres quemarte.

Tú misma me atacaste la camisa en el pantalón, me cubriste las mangas con los guantes y me anudaste el pañuelo a la cabeza. No dejabas de sorprenderme. Ya no sólo porque te acordaras con tanto detalle de algo así y no de cómo abrocharte los zapatos. Me sorprendió que lo hicieras para cuidarme. A mí, de quien se supone que desconocías mi nombre y mi existencia. Para asegurarme, cometí la osadía de preguntarte por mí, por tu hija. Durante un segundo, temí que me recordaras más que si me cayera encima una plaga bíblica, lo reconozco. Tu respuesta me desarmó el esqueleto del alma. En silencio, me colocaste el sombrero con la misma dulzura que ponía la abuela al peinarme.

Te juro que creería en Dios si, en ese momento, hubiera encalado nuestras vidas sin quemarnos.

Cuatro manos de cal, y la pintada se traslucía igual que unas bragas negras bajo un camisón blanco de encaje. Sólo me quedaba confiar en que el sol hiciera su trabajo y secara lo encalado antes de la vuelta del pastor. Fueron varias horas de espera, sentada a tu lado, mirando la pared como a una pantalla de cine donde unas palabras borrosas eran devoradas lentamente por una costra blanca.

No hablamos, pero este silencio nuevo ya no me pesa. Al fresco de la higuera, compartimos unas cuñas de queso, algo de pan, agua del botijo y un poco del tiempo que me debes. Era tanta la quietud que, de vez en cuando, te miraba para asegurarme de que respirabas.

Mientras se desvanecían las palabras de la pared, me puse a pensar en las que tú te habrías merecido. Fuiste hija de tu madre y al perderla te convertiste en huérfana. Fuiste esposa de tu marido y al perderlo te convertiste en viuda. Fuiste madre y al intentar matarme te convertiste en parricida. Pero no encontré palabra que defina a las madres que pierden a sus hijas, ya sea porque las vieron morir o porque, como tú, dejaron de verlas para siempre. Tampoco la encontré para las hijas que perdimos a nuestras madres a pesar de estar vivas. Fumando, abstraída en la pared, asumí como otra fatalidad más de nuestro destino la ausencia de palabras en el diccionario que nos definan.

Dónde tendría la cabeza para no escuchar al pastor ponerse a mi espalda. El perro lo acompañaba un paso por detrás, sin hacer ruido, como en un cortejo fúnebre. Se estaba echando la tarde y aún se podía leer con claridad la pintada. Cuando me di la vuelta, el pastor ya había tomado la decisión de irse para no hacernos más daño. Eso me dijo con los ojos más oscuros que había visto en mi vida. Luego te llevó a casa cogida del brazo. Yo me quedé sentada frente a la pared, sola, hasta que la luna nueva consiguió ocultar lo que no pudo el sol y la cal muerta.

La noche de la despedida cenamos gazpacho de jeringuilla, unos huevos pasados por agua y brevas de postre. Con la mesa sin recoger, el pastor rezó como de costumbre antes de leernos unos poemas. Tú lo escuchabas encandilada sin saber que sus últimos versos serían premonitorios: *Allá, allá lejos; donde habite el olvido.* Te quedaste dormida en la mecedora y salimos a fumar.

Acariciando al perro, sin sentir una pizca de miedo, le conté que de niña jugaba en los vagones de un tren abandonado en la estación de Tetuán. En una mala tarde podías perder a un amigo pero nunca el tren. Hoy tenía la sensación de perder las dos cosas y por eso me dolía el doble. El pastor no me contestó. Quise creer que no pudo, que tampoco encontró en el diccionario las palabras exactas para definir lo que sentía. Echaba el humo entre los dientes, rehuía la mirada, le temblaban las piernas, le sudaban las manos. Yo se las cogí como me hubiera gustado que hicieras tú cuando niña, le deseé suerte y le di las gracias por todo.

Entonces entró a por las fotos para contarme que tu padre fue un joven anarquista que huyó a Francia tras la guerra, estuvo preso en Argelia, luchó contra los nazis, regresó para encontrarse con la abuela, y se ahorcó al descubrir que se había casado con un anciano, sin esperarle. Que a tu hermano lo mataron en una montería por rechazar la oferta de un señorito homosexual que después lo acusó de serlo. Y que la abuela te mandó a servir lo más lejos que pudo, a Tetuán, huyendo de esta casa poseída por el diablo. Pero se ve que ya te fuiste infectada y que también me contagiaste.

Cogí mi penúltima borrachera cuando me diagnosticaron el cáncer de útero. Faltaban dos días para mi cumpleaños, así que decidí adelantar la fiesta y celebrarlo conmigo misma. Metí una pizza congelada en el horno y, antes de sacarla, ya me había bebido dos botellas de vino bailando en bucle a Depeche Mode. Luego hablé con mi ginecólogo para confesarle que no volvería a su consulta, y eso que prefería mil veces abrirle las piernas a él que la boca al dentista. Sólo me quedaban por llamar a mi oncóloga y a mi amante. No tenía más compromisos. Y con ninguno cumplí.

Todavía me dura la resaca, la verdadera razón de la migraña que me está trepanando las ganas de vivir. El pastor me ayudó a levantarte de la mecedora y meterte en la cama. Luego se echó en el sofá. Y yo, al ver celosa cómo dormía a pierna suelta, me bebí en la cocina una botella de aguardiente para aliviarme estos dolores de mujer, que no son precisamente los que presagió la criada.

No sé en qué momento me pudo el sueño al afán de emborracharme para olvidar despierta. Cuando abrí los ojos eran las dos y cuarto en el reloj de carrillón, tú estabas de puntillas intentando darle cuerda, yo tenía ganas de vomitar, una resaca impropia para mis años, y el pastor ya se había marchado, como todas las mañanas, llevándose la mitad de los libros de la estantería y dejando en el zaguán la última cántara de leche de cabra.

Una de las cosas buenas que tiene tu maldita enfermedad es que borraste al pastor de tu memoria como si jamás lo hubieras conocido. Yo no fui capaz. Cerré la puerta con llave para ducharme sin la preocupación de que volvieras a escaparte, abrí el grifo de agua fría, y me dejé llorar por la pérdida de lo que nunca había tenido. Al salir del baño, te sorprendí en el sofá acariciando un cojín como si fuera el perro.

No lo pensé dos veces. Te vestí con el primer trapo que encontré, cogí una cubeta de cal, una brocha, un estropajo, corté unas rosas del arriate y nos subimos en coche al cementerio. Media hora antes había tomado la precaución de disolver una cápsula de diazepam en tu vaso de leche, no vaya a ser que me armaras el mismo cirio que cuando te recogí en el hospital psiquiátrico.

La lápida de la abuela estaba tan sucia que no se distinguían sus inscripciones. Al pasarle un paño mojado afloraron, de arriba abajo, una cruz, su nombre y apellidos, un descanse en paz, y sus fechas de nacimiento y muerte separadas con un guion, como si nada hubiera pasado entre ambas, rematadas con un lacónico e injusto "Tu nieta no te olvida". Sí, injusto, no me duelen prendas en repetirlo. Porque si alguien no olvidó los pesares de la abuela durante ese minúsculo guion que fue su vida entera, a pesar del Alzheimer o quizá por su culpa, fuiste tú.

Antes de marcharnos, pregunté al enterrador por las tumbas de tu padre y de tu hermano, un ahorcado y un joven que falleció en una cacería, eso le dije, y él me condujo a una fosa donde arrojaban a los suicidas, maricas, rojos, abortos sin bautizar, y demás cadáveres a los que el cura negaba la extremaunción. El ser humano es el único animal que entierra a sus muertos para mantenerlos vivos en su memoria, y el único que los mata dos veces al olvidarlos. Para redimir a mi abuelo y a mi tío de esta segunda muerte, dejé dos rosas sobre la tierra anónima que los cubre.

Ya en el coche, medio dormida todavía, me dijiste que tu hija se llamaba como esa mujer del cementerio.

Aquello me sentó peor que la mordedura envenenada de una víbora en el gaznate. ¿De repente te acuerdas de tu hija y te olvidas de tu madre? ¿Es el Alzheimer o una broma macabra la que te tiene el cerebro desbocado? Estuve tentada de echarme a la cuneta, revelarte por fin quien era yo, y dinamitar este equilibrio imperfecto entre el secreto y la amnesia que nos mantenía en paz.

No fue la primera vez que se me pasó por la cabeza. Pero siempre me eché atrás por miedo a mí misma, a los truenos y espumarajos que soltase por la boca, a no contenerme en el reproche, a darme asco y arrepentirme después de las barbaridades que te dijera, por muy terapéutico que resultase liberarme de tanta carga.

Me callé, pero no lo hice por ti. Ni por nosotras. Me callé por mí. Y me tragué el veneno.

Aprovechamos lo que quedaba de mañana y del efecto de la pastilla para bajar a comprar en el supermercado del pueblo. Hacía un calor insoportable. No sin remordimientos, te dejé encerrada en el coche y me di toda la prisa que pude. La cajera me devolvió de mala gana los buenos días, con la mirada atravesada, sin despegar los dedos del móvil. A la salida, el marido de la tendera y unos paisanos me esperaban echados sobre el maletero.

—Sentimos lo del moro. Parecía buen chaval.

Hice oídos sordos, intenté pasar de largo y abrirme un hueco entre ellos, pero no se levantaron del coche. Les rogué que me dejaran descargar las bolsas, y tampoco. Les amenacé con llamar a los municipales, que contemplaban la escena con desdén mientras se bebían unas cañas a la sombra en el bar de la plaza. El marido de la tendera retomó la palabra, acicalándose la gorra y escupiendo al suelo.

—A ver si la denunciada va a ser usted por abandonar a una pobre anciana en el coche, con la flama que hace ahí dentro.

Les pregunté qué querían y él me respondió que agua. Me escoltaron hasta la casa en un camión cargado de enormes bidones que unos hombres llenaron con mangueras desde la alberca. Otros arrojaron una bomba sumergible al pozo y tendieron gomas de mayor a menor calibre hasta unas fincas atestadas de olivos enanos. Para calzarlas a nivel, utilizaron los poemarios de la estantería que el pastor no se llevó consigo, como si fueran *memoria de una piedra sepultada entre ortigas sobre la cual el viento escapa a sus insomnios.*

Desde que nos vaciaron la alberca y casi nos secan el pozo, te dio por lavarte las manos a cada instante. En el fregadero, en la pila, en la bañera, en el aguamanil de porcelana, gastando la poca agua que ya no tenemos. A esa manía añadiste la de sintonizar emisoras en el transistor buscando las canciones de los sesenta que escuchabas en Radio Ceuta. No son para mí, me decías, son para entretener a mi hija cuando vuelva, sin saber que la tenías a tu lado, cuidándote. Te pasabas las horas en balde gira que te gira la rueda del dial, forzándome a convivir con esa maraña de ruido en mi cabeza. Hasta que me desmayé.

No recuerdo el tiempo que estuve tirada en el suelo. Debí darme un golpe contra el pico de la mesa que, además de este olvido sin importancia, me dejó otras dos secuelas más graves: una brecha en la frente que curaré con aceite de pericón; y un crepitar de plásticos que me chirría en los oídos, día y noche, sumado al runrún de la migraña y a las interferencias de la radio.

Me miré en el espejo al limpiarme la herida. No lo hacía desde que se marchó el pastor. Estaba fea, desaliñada, pálida y flaca, muy flaca. Encendí un cigarrillo para esconderme tras el humo, más por pereza que por vergüenza o cobardía.

A la mañana siguiente, volví a marearme limpiando el baño. Menos mal que pude sentarme en el retrete, tomar aire y todo quedó en un susto. Tuve peor suerte a la tarde. Estaba pelando patatas para la cena y viniste a lavarte las manos por enésima vez junto a mí. En el transistor sonó una canción de Los Ángeles que reconociste de inmediato. Tarareabas el estribillo: *Dime si has amado a alguien, no eres tú capaz de amar, sólo sabes hacer daño, sólo sabes hacer mal.* Parecías feliz. No recuerdo más.

Amanecí en la cama. Deduje que en algún momento de la noche desperté inconsciente, la inercia me llevó a mi cuarto, y me puse el pijama a tientas como cuando volvía borracha a las tantas de la madrugada. No encuentro otra explicación. Hice por levantarme pero no me respondieron las piernas. Me asusté. Sentía escalofríos por todo el cuerpo a pesar de la canícula y de estar tapada hasta el embozo. Me dolían las uñas, las pestañas, la cavidad de los ojos y el esqueleto como si una rata me estuviera sorbiendo los tuétanos. No tenía fiebre, sin embargo. Sólo algo de miedo y la debilidad de un pájaro abatido que agoniza.

Tú estabas sentada en una silla, cerca mía, con los brazos cruzados sobre el pecho, a medio vestir, más callada y quieta que velando a un muerto. Sólo te levantabas para hacer tus necesidades, abanicarme, peinarme, y humedecer un pañuelo en la palangana con el que me limpiabas las legañas y las boqueras de saliva seca. Todo eso lo hacías sin saber quién era yo y sin saber quién eras tú, como si hubieras reseteado tu vida, por instinto, confirmando que somos más humanos cuánto más animales.

Desde ese día, dejaste de lavarte las manos y de sintonizar la radio. A cambio, yo dejé de fumar.

Me maldigo por no haber cambiado el politono de mi amante. En los cuatro meses que llevo aquí, sólo había recibido los *spam* de compañías eléctricas y telefónicas. Serían las ocho de la mañana cuando comenzaron a llegarme en tropel sus llamadas perdidas. Dos toques significaban que disponía de su casa para acostarnos. Tres toques abortaban la aventura. Yo no podía ni quería ir, postrada como estaba en la cama. Tampoco tenía fuerzas ni ganas de decírselo. Y tú no sabías coger ni apagar el móvil. Así que tuvimos que soportar durante un día entero su deseo sexual y egoísta en intervalos de media hora, hasta que se acabó la batería y un agujero negro se tragó su impertinente recuerdo para siempre.

No creo que la abuela corriera la misma suerte. Me imaginé su cuerpo aplastado en esta misma cama por ese cachalote viejo, oliendo, sudando, eyaculando y babeando como cuando sube la leche hervida. A nadie contó esta humillación. A nadie. Se la llevó a la tumba con el vacío que se le abrió en el alma al enterarse de que su verdadero amor se había ahorcado por su culpa.

Me pregunto si tuvo la oportunidad de verse furtiva con él, abrazarse, besarse, hacer el amor a la luz de la luna, llorar desconsolada y arrepentida por no escapar juntos a la sierra, pidiendo perdón, una tregua, lo imposible, condenada como madre a traicionarle, a no abandonar ni arriesgar la vida de sus hijos, o si todo quedó en piedras lanzadas a la ventana como llamadas perdidas.

El agua se acabó con las cabañuelas de agosto. Lo sé porque las hormigas trepaban por las paredes de la palangana, me humedecías el pañuelo con colonia, y el marido de la tendera dejó de rondar por la casa.

Sentí compasión por nosotras. Nunca antes había experimentado algo similar por ti, y mucho menos por mí. Desde niña, por salud mental, ejercí la dictadura de quien se considera la mártir de todo lo malo que le ocurre. La paradoja es que no existe una enfermedad más nociva que culpar a los demás de los desastres propios, sin darse cuenta del daño irreparable que eso causa. Yo tenía la coartada perfecta contigo. Pero se fue desmoronando con la misma languidez que me cepillabas el pelo o me soplabas en la frente para aliviarme del calor. Me di pena. Y tú me diste más pena todavía, porque sigo sin saber nada de ti.

Vale que no me contara padre, pero me costó entender que no lo hiciera la abuela hasta que supe de sus tormentos y empecé a sentir idéntica compasión por ella que por nosotras. Guardar silencio fue el mejor colchón para cubrirnos de las balas del odio, de la venganza y, en nuestro caso, del perdón. Claro que tuvo que ser muy duro para ella digerir que quisieras matarme, quizá el único pecado que una madre no perdonaría jamás a su hija. Pero la abuela se cuidó de que yo sí pudiera perdonarte, a su debido tiempo. No me habló de tu infancia en la casa o de tus años en Tetuán, de por qué te fuiste, de por qué te casaste con padre, de si lo hiciste enamorada, de los motivos que a su juicio te empujaron a intentar asesinarme, de lo que viviste desde entonces hasta hoy. No quiso hablarme de ti por temor a que el aliento le oliera a cariño materno y terminase por gustarme su fragancia.

En callar consistió su triaje, convencida de que serías tú quien me revelaría toda la verdad al salir de la cárcel o del manicomio, sin llegar a imaginar que los recuerdos también se agostan como el agua.

Nací con la lluvia de las perseidas. Para celebrar esta hermosa coincidencia, la abuela me sentaba en los escalones del soportal a contemplar el cielo nocturno de verano. Ganaba la que más estrellas fugaces viera primero. Luego nos poníamos a buscar luciérnagas por el campo. La abuela me hizo creer que las perseidas habían caído del firmamento como las varillas de un cohete, y que Dios me las regalaba por mi cumpleaños. Yo las metía en una caja agujereada, con un dedal de agua y briznas de yerba, para verlas resplandecer cuando quisiera. Todas amanecieron muertas. Desde entonces aprendí que hasta las estrellas se apagan cuando las encierras, igual que tú y yo en este cuarto.

Van para dos semanas que no me duelen las articulaciones, que perdí la noción del sueño, el apetito, que no tengo sed. Será que me acostumbré a sobrevivir como las piedras, por más que pusieras todo tu empeño en impedirlo. Cada noche colocabas un plato en la ventana para recoger al alba unas gotas de rocío con las que refrescarme los labios. Durante el día, me tomabas la temperatura con la palma de tu mano entre las idas y venidas del armario. Allí probabas fortuna con la combinación de la maleta que se quedó sin abrir desde que te traje del hospital. Al anochecer, te acostabas junto a mí como no recuerdo que hicieras cuando niña, cantándome esta nana: *Duerme, duérmete mi amor. Queda, quédate dormida en mi pecho. Y a cada latido yo te iluminaré una estrella en el cielo. Cuenta con los dedos. Una, dos y tres.*

Era noche de perseidas. Una de ellas cruzó por la ventana con la cola más blanca y más larga que un vestido de novia. Al verla, te fuiste derecha para el armario, pronunciaste en voz alta la fecha de mi nacimiento, moviste los números de la cerradura, y la maleta se abrió con la virulencia de la tapadera de los sesos cuando la descerraja un disparo.

Ahora que puedo ver la vida desde el aire, declaro que la culpa de mi adolescencia atormentada fue más de los Smiths que tuya. Desde que tengo conocimiento, aprendí a ningunear tu ausencia para respirar sin sofocos y dormir en paz. Sin embargo, no hubo día que no quisiera morir tras escuchar a Morrissey en cualquiera de sus canciones. A partir de entonces, me dejé llevar como una veleta en lo trivial y en lo importante, al pedir el desayuno en una cafetería o al enamorarme del primer hombre encantador que me subiera a su coche. Hasta que decidí regresar a esta casa contigo y pudrirnos de la mano.

Quizá mi vida hubiera sido otra de leer en su momento las cartas que rebosaban tu maleta. Cientos de sobres cerrados y devueltos con la dirección de nuestro piso en Tetuán. Sentada de nuevo, con la maleta en tu regazo, abriste una al azar, colando con sutileza la uña por la solapa, y la leíste estremecida, ignorando que tenías delante a su destinataria, más estremecida todavía.

Comenzaba así: *Querida hija, hoy quiero contarte lo que sentía al darte el pecho.* En la siguiente me hablabas de cómo lloraste emocionada al parirme. En la siguiente, que tiritabas al arrullarme entre tus brazos; al atusarme los rizos con agua de colonia; al escuchar los primeros latidos de mi corazón, ése que tanto te ha echado en falta. En la siguiente, que me sanabas los ojos con una infusión tibia de manzanilla. En la siguiente, que me cubrías la frente con un paño helado para aliviarme las calenturas. En la siguiente, que me tapabas hasta las orejas con una manta a cuadros para no coger frío. En la siguiente, que me cantabas nanas, inventabas cuentos de unicornios y permanecías echada a mi vera hasta quedarme dormida... Todas terminaban con la misma posdata: *No creas lo que digan de mí. Te quiere, tu madre.*

No derramé una sola lágrima. No porque yo te tomara por loca o por cínica. Ni porque me faltaran las ganas. No, de verdad. Esta sequía y los Smiths tuvieron la culpa.

Pasaron los días y llegó la lluvia. El cielo descargó toda el agua que nos debía desde hace siglos. Las cárcavas se la llevaron enfangada a los lechos de ríos y pantanos. Esta mañana escampó. El olor a tierra mojada me devuelve a las tardes de brasero con la abuela, a mi niñez de muñecas, diábolos, bordados y calcomanías, siempre sola, sin ti. Bandadas de estorninos serpentean en el aire. El petirrojo canta en la rama del acebuche. Verdea la dehesa a través de la ventana, salpicada con el azul de los lirios, el amarillo de los narcisos y el blanco de las campanitas del otoño. Un año más se adelantó la flor de la esparraguera para atraer a los insectos y ser la primera en polinizarse. Sus pétalos estrellados se abren entre las espinas de los tallos resecos por el verano, desprendiendo un aroma sin igual en este mundo, mezcla del incienso de la alhucema con elixires del paraíso. Afuera se escuchan los ladridos de un perro, el aldabón, llamarnos a voces y abrirse la puerta.

El pastor nos sorprende tumbadas en la cama, de costado, tú abrazándome por la espalda. Se echa las manos a la nariz como si le repugnase nuestra postura. El perro no para de olisquearnos, de aullar, nervioso. Lo amansa a caricias, te coge en brazos, pide perdón a Dios, y te lleva a la bañera. Allí te desnuda, te presiona la barriga para expulsar los excrementos y fluidos que retuvieras, te lava tres veces con agua y jabón, te seca con delicadeza, te echa unas gotas de perfume, y cubre tu cuerpo con una sábana blanca. Luego hace lo mismo conmigo.

Reza por nosotras con versos del Corán y de Cernuda: *Donde habite el olvido, en los vastos jardines sin aurora; Donde yo sólo sea Memoria...* Busca el número de la funeraria en la guía de teléfonos, toma el remite de una de las cartas y, llorando, da tu nombre.

Que también es el mío.

Andalucía, verano de 2024.

100

Gracias a mi querido editor Javier Ortega, a Manuel Pimentel por confiar en mí, a las confidencias y consejos de Manuel Moral, Hashim Cabrera, Rafael Merino, José Antonio Torres, Miguel Santiago, Marta Jiménez, Elisa Peinado, Julio Huerta, Abraham Guerrero, María Sánchez, Rafa Carmona, Antonio Luna

y a Elia, siempre.

La impresión de *Tu nombre mío*, editada por Berenice, concluyó el 17 de septiembre de 2024. Tal día de 1963 nace en Madrid la escritora Lola Robles, especialista en obras de ciencia ficción que también ha destacado por su activismo social. Feminista, pacifista y *queer*, fue una de las fundadoras de la Red de Bibliotecas y Centros de Documentación de Mujeres.